新时代诗库·第三辑

时　间

阁　志　著

中国言实出版社

图书在版编目（CIP）数据

时间 / 阎志著 . -- 北京：中国言实出版社，2024.
12. -- ISBN 978-7-5171-5005-3

Ⅰ . I227

中国国家版本馆 CIP 数据核字第 20247TP472 号

时间

责任编辑：史会美
责任校对：王君宁
摄　　影：席　丹

出版发行：中国言实出版社
　　　　　地　址：北京市朝阳区北苑路180号加利大厦5号楼105室
　　　　　邮　编：100101
　　　　　编辑部：北京市海淀区花园北路35号院9号楼302室
　　　　　邮　编：100083
　　　　　电　话：010-64924853（总编室）　010-64924716（发行部）
　　　　　网　址：www.zgyscbs.cn　电子邮箱：zgyscbs@263.net

经　　销：新华书店
印　　刷：北京温林源印刷有限公司
版　　次：2025年4月第1版　　2025年4月第1次印刷
规　　格：880毫米×1230毫米　1/32　4.875印张
字　　数：80千字

定　　价：58.00元
书　　号：ISBN 978-7-5171-5005-3

　　阎志，诗人、作家，著有诗集《明天的诗篇》《大别山以南》《少年辞》，长诗《挽歌与纪念》，小说集《少年去流浪》，长篇小说《武汉之恋》等。作品多次获奖并被译为英、法、日、韩、德等文字。

　　Yan Zhi, poet, and writer, has written poem collections including *Tomorrow's Poems*, *To the South of Dabie Mountain*, and *Teeneger's Poems*. Yan Zhi has also written the long poem *Elegy and Memorial*, the novel collection *Teenager's Wondering*, and the long novel *Wuhan's Love*, etc. Yan's works have won many awards and have been translated into English, French, Japanese, Korean, German, etc.

新 时 代 诗 库

目　录

CONTENTS

最后的诗篇

0

在露珠即将滴下

在风即将再次出发

在芦苇被拾起

在父亲和少年的我听到

我的那声呼喊而转身时

在时间的箭镞即将抵达光亮之时

在书翻到有折痕的那页时

在蘑菇云展现娇艳的形态时

在我满身泥泞地从虫洞中爬出时

在黑洞吸入黑色星球时

时间　终止了

过去的一切都与我无关

我终于可以写下

这关于时间

最后的诗篇

第一章

1

时间是从什么时间开始的

此刻吗?

那么,过去呢?

刚刚过去的又是谁的时间?

2

也许，时间是从我们学会记忆

那一刻，开始的

记忆开始的时刻

是冬季　还是深夜

也许，寒冷才会留下深刻的记忆

那就从那年冬季的某个夜晚开始

试探仅仅属于时间的记忆

3

于是，我找到一个窗口

是某本书有折痕的那一页

或者是书中某个刺眼的词

也许是一道光

通过刺眼的词语发出的光芒

我们　在那一刹那

回到了童年

回到了记忆开始的那一刹

那一刹

也许是一道光

也许是刺耳的呼喊发出的光芒

4

找到了窗口就好

我们还可以回到少年

回到蓝天白云下的教室、操场

回到萌动的情愫

起跳的那一刹那

不，不是一刹那

那反复悸动了很久的心跳

还在那片草地上

我看到了

一个少年从那片草地上

站起，并朝我走来

我已张开双臂

这一次，我一定要好好拥抱

紧紧拥抱那个少年

5

梦是体验时间最好的地方

当我从草地上站起时

一如我从梦中醒来

少年的我的左手

多了一块手表

少年的我　此刻的我

寻遍了梦和现实里的

每一个角落

也没有找到它的主人

我看到了

少年的我手在发抖

望着这多出的时间

紧张得喘不过气来

这多出的时间啊

让我无法醒来

6

终于明白了为什么

年少时就喜欢

写一些忧伤的诗句

原来语言也有自己的宿命

那么我们要学会逃避

逃避那些晦涩的词语

不堪的句子

7

现在就很好

我更愿意用

欢快的词语

祝福日渐老去的时间

也更愿意用

美妙的诗句

表达我们难以启齿的命运

8

语言终究是困顿的

语言一直都小于我们的情感

我们无法表达的那一部分

都在时间的后面

或者被时间遗忘

9

现在很好

我更愿意用

温暖而热烈的双手

拥抱从那片草地上走来的少年

我还要告诉他

一定要记住那本书

有折痕的那一页

那个刺眼的词语

那道光

因为那是我们回去

唯一的窗口

第二章

10

寒武纪的钟声响起

时间不寒而栗

夜晚开始了

11

夜晚

是从一个清晨学会

讨厌白昼的躯体

是啊

当崭新的一天来临

过去的一切悄无声息

哪怕刚刚转身的夜晚依依不舍

哪怕海浪的声音从未停歇

12

海浪的声音是绛紫色的

与深蓝色的波涛合二为一

正午的阳光

寂静无声

至于云彩

从清晨到黄昏，一直都在

一直都在吗？

云彩之下

应该有鸽子在飞翔

那是少年的你在呼唤

而我却无动于衷

漠然地面对你热切的呼唤

后悔已没有意义

某年冬季的夜晚终归

寂静无声

13

好吧

再说说远去的那片夕阳

明明有时间的影子

却从未走近

夕阳大多数的时候

一如你的转身

一如你在少年时的一次转身

无所顾忌

放下吗？

谁又能想到

在老去时的某一刻

总能看到自己少年时的那一次

转

身

14

终究可以打动的

是划破夜空的晨曦

又其实是

最早升起的启明星

又其实是

慢慢亮起来的

时光

15

一天的时光

就这样过去了

刚好容纳我们简单的一生

简单到只是一次转身

而自己已在彼岸

16

拾起一块石头

不太大的、不规则的石块

一定是粗粝的石块

扔向海面、江面、河面、湖面

荡起一圈圈波纹

一直没有停下来

一圈圈，一圈圈

蓝色的、黄色的、白色的、绿色的

甚至是颜色之外的颜色的

波纹，一直没有停下来

只知道海浪的声音是绛紫色的

为什么是绛紫色的？

只是因为转身的那一刻

那道光是绛紫色的吗？

17

在寒武纪的钟声中

海中、江中、河中、湖中的那块石头

如此坚强

有些时候我会低下头

抚摸那块石头

一如抚摸时间

轻轻地

就像水每次经过那块石头

一亿万年了吧

那块石头从岩浆中诞生

又被捡拾起扔向海中、江中、河中、湖中

再生

无论黄昏、夜晚

还是清晨

无论云卷云舒

石头一直都在

对于时间　无动于衷

18

而我就是那块石头

而你还不来

我已看到海边捡拾石块的人

朝我走来

我不怕被他们捡拾走

用作一块路石

甚至被粉碎为沙，为灰

我只怕

你来时　　见不到我

那波纹还没有停下来

我被扔向空中的

那一刹

就是那次转身吗？

第三章

19

转经筒还在转　一直转

从不停歇

磕下的长头在长廊下回响

声音　也一直没有消逝

风停不下来

云停不下来

雪山上的时间停不下来

对你的思念怎么能停下来

20

20 年前经过日喀则

20 年前见过的沙漠　草原　戈壁

20 年前经过的河流

还在吗

格桑花开了又谢　谢了又开

一季季地盛开

那是盛放的想念

那是盛不下的时间

21

就在这里　在世界的尽头

在时间的悬崖之边

把你放在心里

看着那成群的牛羊中奔跑的孩子

看到已记不住的你的容颜

我独自离开

是的　每个人都是独自在离开

从世界的尽头　离开

那不只是世界的尽头

那也是时间的边界

更是我们遗忘的开始

20 年前　公元前　石器时代前

全部都遗忘

唯一能记取的是

转经筒某一刹的犹疑

22

没有菩提树的祈祷

是没有重量的

只有种一棵树

然后等待它长大

当你看到那棵茂盛的菩提树时

当那位僧人在树下坐了九年

当那棵菩提树飘下的第一片叶子

又长成一棵茂盛的菩提树时

那时　你还不知道

为了此时　有多么漫长的等待

23

等待是没有意义的

对于被等待的人

你一路走来

关于你过去的种种

与别人的时间无关

24

浅草寺像刚刚过去的时间

一样浅

深深的漆红装点了

黄昏

第 101 片落叶飘下时

有人在高原

聆听

虽然　落叶飘下时寂静无声

25

英勇的女战士　在蓝色多瑙河畔

屹立

马加什教堂　在渔人堡上

迎接着来自东方的迁徙

再次凝视高耸的塔尖

那道光芒

不约而至

那道刺目的光芒

是盛大的阅兵式

是夜空璀璨的烟花

是万马奔腾的尘土

是大海中一块粗粝的石头

在迎接我们

26

所有的神都高高在上

而微弱的时间的喘息

在海拔 5200 米的纪念碑边　响起

霍普港洄游的三文鱼

是在逃离吗?

能够逃离吗?

没有人回答

也许答案在不同文字的经文中

也许答案在那页有折痕的经文中

27

然而

我们两手空空

找不到可以捧住的经文

找不到可以捧住的时间

我们两手空空

第四章

28

元丰三年九月

一位诗人　从驿站走出来

桃花不合时宜地盛开了

那么大一片桃林

鲜艳得看不到边

诗人吟诵了一句

"桃花香远驿"

桃花却谢了

诗人摇了摇头　并没有叹息

回到驿站牵出那匹老马

继续前行　朝着贬谪之地

29

就在诗人跨上那匹马的那一刻

孟买一位智者的后院的芒果树掉下了

一颗芒果　　正落在那位智者的头上

智者难解此意　　是凶是吉

智者沉吟着不自觉走出了家门

路过那棵菩提树

看见树荫下

有个似曾相识的身影

智者犹疑着该不该走近

告诉她

不必等

枪声响起

惊起那棵菩提树上

栖息的飞鸟

30

飞鸟被惊醒时

次第盛放的罂粟花席卷美洲大陆

伸向天空的残损的手掌

漫山遍野

就在十八岁的小城

梧桐树遮住了刺目的阳光

巡行的飞鸟是否经过

无从知晓

就在十八岁的诗人学会吟唱

子弹以青春的名义

洞穿一本浅薄的诗集

捧着的情感从残损的手掌中流失

撒落一地

31

那声枪声

还惊起了

马拉河畔的角马——

上万只角马瞬间扑向河中

朝着彼岸

声嘶力竭地泅渡的　角马

将非洲大陆的黄昏撕裂

彼岸也许还是黄昏

也许已然是清晨

32

是谁把彼岸命名为"门"的

仅仅是因为

门是通往彼岸的唯一路径吗？

广场是必须经过的

那群鸽子飞起时

最后一只角马来到彼岸

留下河对岸的草地

被阳光照耀得

如同金黄的麦田

如此

重新命名"门"

以天空的名义

33

路过那道天空之门

宋朝的马蹄声

孟买的枪声

马拉河溅起的浑浊的浪花

天蝎座的啼哭

裹挟着时间

纷纷涌来

无从突围

34

这重叠的时间啊

需要架起一条高速公路

连接起城市的过往与明天

通向时间的两面

高速公路是永远不够的

循环往复的命运

永无止境

行走在时间的两面上的我和我

永远不能相遇

所以，道路是没有意义的存在

所以　　关于城市的种种车鸣

所以　　关于乡村的种种沾污

所以　　关于爱情的种种纵容

所以　　关于诗歌的种种虚伪

如同没有尽头的出走

如同貌合神离的倾诉

35

万圣节狂欢开始了

面具是必需的

哪一个面具后面是天使

哪一个面具后面是不可知的未来

哪一个面具后面是我的童年

哪一个面具后面是我不安的青春

千万个面具扔向空中时

飞鸟降临在这个狂欢之夜

它们微不足道的呻吟

被掩盖

36

远去的驿站

早已不在诗人的记忆之中

漫山遍野的桃花、麦穗

还有奔驰的角马

在千万个面具抛向空中时

也消失得无影无踪

一切归于寂静

一切定格在更深的夜

　　定格在更深的黑

定格在没有声音的嘶叫

定格在无

定格在

第五章

37

既然时间是一种错觉

每当夜深人静时

每当我想起您时　父亲

我总想赶往另一个星系

加入望向我们这个星球的光芒之中

赶在您离开这个世界之前

再次回到您的身边

38

我就是那道光芒

我以亿万倍的光速

回到三十多年前的小镇

一眼就看到了那块石头

正从一个少年的手中

扔向河中

我走近那个少年

我紧紧地拥抱着那个少年

那个一直无法平静的少年

39

我还要找寻我的父亲

父亲一直在小镇的山林中巡行

他一直是这片山林的主人

他是山林之子

他热爱这片山林

一如他热爱他的父母

他是山林之父

他热爱这片山林

一如他热爱他的孩子们

40

这山林的气息　如此熟悉

这是父亲的气息

我在走近，在走近……

终于我和我的父亲相遇

我们不为什么地醉

我不声不响地流下　热泪

我看到我的父亲

已在一个角落老去

我却如此无能为力

41

我看到了山林中那座唐代古刹檐下的风铃

我看到父亲正带着少年的我拾级而上

风铃声响起

有风

刚好有风经过

这风的气息也如此熟悉

父亲和少年的我听到铃声那一刻

同时停下了脚步

回头看了看身后的小镇

小镇依旧

一切都好

那里有我们的家

那里有我们过去全部的时间

当然就有我们全部的热爱

42

父亲和少年的我看到了我吗

看到了在小镇街头张望的我吗

看到了吗?

我跳起来

急切地挥起了双手

拼命呼喊着

像少年时细雨中的呼喊

急切地呼喊

却怎么也发不出声音

父亲和少年的我没有看到我

也没有听到我的呼喊

他们回过头

朝着那座唐代古刹而去

身影越来越远

我更加急切地呼喊

无声地呼喊

43

我还没来得及找到母亲

我还没来得及找到正值青春芳华的姐姐们

我还没来得及回到学校

我还没来得及叫出伙伴们

我还没来得及看一下时间

我都还没来得及

我又成为那道光

44

我回到了此刻

此刻的小镇　面目全非

此刻的父亲　早已远离那片山林

不！不！不！

父亲从未离开

父亲已是这片山林之神

无所不在

任何时间任何空间任何维度中

我都能感受到父亲的气息

45

只有山林中那座唐代古刹的风铃

还会响起

响过童年

响过少年

响过青春

响过年老的我的岁月

第六章

46

万物有形

就是风　我们也能看到它的形状

水的波纹

树的摇曳

火的燃烧

都是风的样子

唯独时间

我们一直看不清模样

47

好吧，那么我们就坐下来聊聊

时间的模样

那是午夜梦回的我冷漠的微笑

那是我在飞鸟盘旋时失措的惊慌

那是父亲告诉我

有些酒只能一个人去醉

哦，这时间的模样

从何谈起

48

我们谈论时间的模样之前
我们先要约定好谈论的地点
在高耸入云的摩天楼顶层
还是在金黄色夏天的峰顶
在流水潺潺的溪流边
还是在南极冰冷的帐篷外

很少有人愿意在这个时间聊聊
时间的模样
所以我们特别珍惜这样的谈论
所以到底在什么地方谈论
显得尤其重要

49

忘记了是谁提出来

就在路上谈论

太好了！我们就在路上谈论时间的模样

在宽阔的马路上

在北京至上海的高速公路上

在一句诗从一个字走向一次抒情的路上

在我们深刻地想念一个人

譬如，想念父亲的路上

在梧桐树叶飘落的深秋的道路上

在一群人的背影变为一个人的背影的路上

聊聊时间的模样

这样很好

50

时间就是四季的模样

春天总是姗姗来迟

找不到去年飘零的落叶

记忆中　冬天从未缺席

冰天雪地中　时间也从未休止

时间是不经意间

四季的轮回

时间从没有在季节与季节之间

停顿

时间也从来没有为任何事物停顿

时间也从来不提醒我们

又一个冬天　开始了

51

时间是年的样子

时间是习惯一年一年容颜的改变

时间是月的样子

时间是跌跌撞撞中从这个月到下一个月的匆忙

时间是一天的样子

这一天也许是你的生辰

这一天也许是你离开这个世界的日子

这一天是遗忘的开始

这一天是重新找回的记忆

52

在这个大家都歌颂的收获季节

大地金黄

一切都那么美好

我们在午后

谈论时间的模样

有茶有酒　有风刚好经过

一切都那么美好

有稳稳的幸福　有笑靥　有歌唱

你

告

诉

我

：

时间是虚拟的

时间是量子相互纠缠的结果

时间在无尽的算法之中

53

当我们以为时间就是

童年、少年、青年、中年、老年

一天天、一月月、一年年

春、夏、秋、冬的轮回时

有人说

时间是虚拟的！！！

时间如此虚无

那么我们过去的岁月呢

那么我们赖以坚持的温暖的记忆呢

是什么？

在哪里？

54

枪声再次响起

惊起的飞鸟却无影无踪

正在和我谈论时间的模样的你

也无影无踪

时间的模样也只有是无影无踪

第七章

55

在梦里捡拾到一块手表
怎么也找不到它真正的主人
我拿着这多出的时间
无所适从

我不知道
这多出的时间
会把我困在梦中多久

56

几乎用尽了全部气力

我仍无法唤醒自己

我在梦中无比清醒地寻找

寻找时间可能留下的线索

因为这个线索

可能是我醒来唯一的理由

57

黑暗是无知的边缘

我知道自己困在梦中　不能自拔

但我必须要挣扎

虽然挣扎也无法醒来

但我必须要祈祷

虽然祈祷也无法抵达

但我还是要寻找

虽然梦中的城市根本没有出口

58

我想起自己作为一道光

回到了过去

回到了那个小镇

看到了父亲和少年的我

我的那声呼喊

终于在这一次的梦中

喊出声来

终于，我喊出来了——

我在这里！

59

我在哪里?

我在没有终点的梦里

我在多出了无数时间的梦里

我努力想回到时间的背面

可以重新开始

但往往都是如此

大多数的努力都是徒劳的

我们在时间的正面都找不到出口

更不可能走到时间的背面

哪怕我们多出了无数的时间

60

与时间和解吧

不再做徒劳的抗争

与时间和解吧

接受一天天老去

接受一天天遗忘

走上这条永远走不到尽头的道路

走进这无尽的轮回

忍受时间带给我们的所有

把时间当作是生命中最大的馈赠

接受时间带给我们的一切

与时间和解

61

如此

我终于打动了时间

我依次从深深的梦中醒来

我从童年醒来

看到了苍老的我

在山林中那座古刹的檐下

等待风铃响起

风铃响起时

我从少年醒来

第一眼看到的是初恋时的样子

62

我最害怕自己从 50 岁醒来

望着大海

忧心忡忡

正在写一首关于时间的诗

妄想用这首诗抵抗

深不可测的夜晚

63

我终于在年老后的某个时刻醒来

不再愤世嫉俗

花开了　笑一下

花谢了　笑一下

风来了　笑一下

风走了　笑一下

原谅雪开放又融化

原谅没有下雨的夜晚

原谅有人写下透明的诗句

原谅时间一次又一次把我困在梦中

我终于老了

老了就是因为我原谅了时间

老了就是因为时间放过了我

老了的我

笑了一下

像父亲那样笑了一下

第八章

64

这夜晚

比黑洞还黑　还深不可测吗

时间的箭镞

射向我们未知的旅程

既然前途未知

那么我们就愉快地开始

这段时间的旅程吧

65

沙漠中散布的实验场

巨大的蘑菇云

海洋中高耸的发射塔

暴风雨随时袭来

山林中飘扬的钟声

少年的我紧跟在父亲身后拾级而上

高原上的盐湖如大海般深沉

迎接来自亿万年后的拥抱

66

人们翻出的煤的黑暗

一如黑洞

但终究坍缩了

被吸附进更大更深的洞

这正吞噬宇宙的洞啊

席卷而来

在我们挖尽最后一块煤时

67

一万年了吧

一亿年了吧

一亿万年了吧

所有的落叶再次深入泥土

成为煤　成为黑如黑洞黑如深夜的煤

诗人在失眠的寒夜宣布

"时间开始了"

68

时间是熵

时间是奇点

时间是无

时间是轮回

时间是一次新的开始

时间是开始前遗忘的终点

69

而遗忘

就是时间的黑洞

人们又开始了彻夜地狂欢

人们把夜晚用霓虹点亮

就以为远离了黑暗

一只残损的手掌　　沾满煤灰的手掌

从地底伸出来

指向更高的夜空

70

这就是我的行囊

时间的旅程中

我一路收集星光

夜深人静时

我打开行囊

看到的依然是深不可测的黑

黑洞般的黑

71

"更远的星系

正以更快的速度驶离我们"

他们害怕了

他们被一个贪婪的星球所震惊

在他们眼里

黑色的星球正在成为一个新的黑洞

而且无药可救

我要赶上那更远的星系

我要把这旅程压缩成一个胶囊

然后紧紧系在时间的箭镞之上

期待赶在下一次遗忘前发出

72

如果时间就是

一片荒芜变为一座城市

然后一座城市变为一片荒芜

如果时间只是用于遗忘

我为什么要背起行囊远行

第九章

73

我的过去都是徒劳的

我过去的呼喊、过去的行走都是徒劳的

所以又有位诗人说

"时间无用"

74

既然我已经看到了未来

为什么还要奔跑

我要冻结时间

让光静止在一个房间

放任别人的时间

无所顾忌地流淌

而我一动不动

企图抵抗

看得见的未来

企图抵抗　　遗忘

75

我们童年的冬天那么漫长

从我跳下父亲的自行车

走进学校

（那时候学校还没有院墙，没有院门）

到走进教室

大约用了三十岁后一年的时间

教室里其实很冷

（窗户没有装上玻璃

只有几张旧纸板抵挡

窗外一望无际的白雪）

虽然母亲为我穿上了厚实的棉衣

这堂课仍然约等于四十岁后三年的时间

课间休息十分钟

（终于可以蹦跳起来

还可以和同学追赶

身体温热起来）

这课间十分钟仍然是五十岁后的十分钟

这么说

时间的体验与温度有关？

时间的长短与快乐有关？

76

童年的夏天比冬天短

童年的夏天的蝉鸣

一直响在耳边

夏天的云

随时可见

一直到现在

各种风吹过时

我还是能从中辨识出

那一丝来自童年的夏天的风

77

还是那位说时间无用的诗人说

"但愿一星期能变成一世纪"

"短短的一岁变成一千年"

哦　诗人啊

你知道只有深刻的痛苦

痛彻心扉的寒夜

身处孤独无望的绝壁上

身处永远走不出去的绝望的梦境

才能把一岁过成一千年

才能把一星期变成一世纪

78

那么时间是有用的

时间记录着我们快乐的峰顶

时间记录着我们悲伤的辽阔

时间是父亲从未停止的叮咛

时间是一只飞鸟从未停歇的飞翔

时间是绝望的语言

无从表白

但时间依然有用

时间是我回到父亲身边唯一的车票

在时间的循环往复中

我又看到自己坐上驶向故乡的巴士

虽然拥挤

终能抵达

79

时间只是我的外衣

我将冷漠、丑陋、卑劣、仇恨都藏在时间之后

试图通过一次时间的重启

清洗干净

揭开面具

看到热切、美丽、高尚、友爱的自己

在那辆略显破败的巴士上

怀着一切的美好

怀着热切的期盼

沉沉睡去

80

有人因热爱而受尽煎熬

有人因冷漠而光阴似箭

时间如此公平

给了善良的人足够长的岁月

给了卑劣的人短暂的一生

谁说时间无用

哪怕仅仅是一辆驶向故乡的巴士

也在证明

时间是以让我们依赖

像巴士上倚靠的车窗

有裂痕，有泥土

却依然值得倚靠

足以让我再次睡去

81

就在半梦半醒之间

我看到

冻结时间的冰块已在融化

夜空中的星星　纷纷发出光

温暖了夜晚

温暖了夜晚的时空

这仍然不够

让诗人赶到"宇宙止境与中心"

"用不可名状的火红的眼睛"

燃烧这颗冰冻的黑色的星球

终于　冻结的时间

开始运转了

而冻结时的情感

正作为对夜晚的馈赠

用满天的繁星

温暖着痛彻心扉的寒夜

只要你抬头望得见

闪烁的来自童年的星星

那都是时间对你的

祝福

第十章

82

有一个金属般的声音

从遥远的埃迪卡拉纪传来

那里是时间的边界吗

有一个冰川崩裂的声音

从依然白热的宇宙之初传来

那里是时间的边界吗

有一束颜色之外的光

从银河系之外射来

那里是时间的边界吗

有一束黑到极致的光

从黑洞中射来

那里是时间的边界吗

83

有人说

时间是有限无界的四维面

我差一点相信了

因为我想象不出有限无界的状态

因为我画不出四维画

我甚至画不出

我的少年

我的父亲

我也画不出

初见你和时间的模样

84

我终于从虫洞中爬出

我爬出时满身泥泞

当我看到满天星光

我正想欢庆我的抵达　我的胜利

我却忘记了我从何而来　为何而来

我在虫洞之中

也在寻找那个宇宙　那个时空的边界吗

我也许寻找了一亿万年

终于看到了自以为是的边界

那是一片光芒四射的地方

我终于抵达

然后

我爬出来了

这是上一个宇宙上一个时间的终结，

还是一个崭新的世界？

对于我

85

我只有坐在两个时空的交界点

冥想

我尽可能地追忆我的时间之旅

我尽可能搜寻记忆中关于出发时的

点　点　滴　滴

因为那可能就是时间的起点

应该有一条泥土走成的道路

路上还有几块石头

只是已被踩进泥土之中

有炊烟

有村落

有田埂

有一条街

有好几条街

有熟悉的菜香飘来

有人在叫我的名字

偶尔有车辆经过

对，那就是我的小镇

有父亲！

有母亲！

有个孩童

有个少年

牵着姐姐的手

对，那就是我

属于我的时间的起点

快接近了……

86

我还在冥想我要抵达的地方

我尽可能地想

黑色的星球

星空

太阳系

银河系

星系河流

星系海洋

星系宇宙

我一直在想象

但想象总是找不到出口

找不到停止的地方

我坚持，坚持，再坚持
……
我似乎永远都无法抵达
时间的边界
虽然我不吃、不喝、不眠、不休地
想象
越过恒河沙粒般的星系
我的生命终于停止了
我生命终止的那一刻想象到达的
地方
难道就是时间的边界吗？

87

你们如果在峰顶

你们如果在恒河边

你们如果在海岛

你们如果在绝壁之上

看到一个人在冥想

你们如果在地铁

你们如果在星巴克

你们如果在机场候机厅

你们如果在中山公园

看到一个人在冥想

对，那就是我

88

离开人世的人

只是他在这个时空里的时间停止了

而在另一个时空

他刚刚走进新世界

一切才刚刚开始

89

一位高僧也一直在冥想

他在嵩山西麓面壁九年

终于吟出

"未生我前谁是我"

"生我之时我是谁"

未生我前

那个在虫洞中朝着光亮奔跑的人

是　我

生我之时

那个爬出虫洞满身泥泞的人

是　我

于是那位高僧站起身来

走下山峰

来到一条河边

拾起一根快枯了的芦苇扔到江里

踩在那根芦苇之上

渡江而去

再无踪影

90

金属般的声音再次响起

颜色之外的光正照进彩色的玻璃

悬崖边的时间　前程远大

祈祷的人们啊

仿佛看到了

新世界

第十一章

91

他们说

新世界就是元宇宙

他们说

"时间不能完全脱离开和独立于空间"

这样很好

我要倾尽所有的力量

在虫洞之中

奔跑

赶在父亲抵达光芒之前

紧紧拉住他

紧紧抱住他

晚一点再接近那片光芒

在我们这个时空

再多停留十年

再多停留一年

再多停留一天

哪怕只停留一刹那

让我能够赶得上拥抱　紧紧拥抱

92

他们说

宇宙在膨胀

他们说

时间是不可再生的

这样也行

我就在爆炸后无序的时空之中

倾尽所有的注意力

找寻我的父亲

我一定能遇上我的父亲

对此　我深信不疑

因为父亲的气息　如此熟悉

93

时间啊

我对您无比敬畏

我写了 101 首赞颂您的诗篇

献给您

我只祈求

给那些善良宽厚的老人增加时间

我只祈求

让那些在不同时空深爱的人　相遇

94

时间原来这么沉重
我们的记忆与怀念
我们的热爱与不舍
都在时间之中

我才知道
爱的重量
就是时间的重量

95

在我有限的生命里

我对我深爱的人的思念

是无限的

我的思念

深藏在所有维度之中

散落在所有时空之中

从此我开始相信

时间是有限无界的

从此

时间胶囊成为我们的

时空伴随者

如影随形

96

时间是烟火

时间是父亲留下的大衣

我是带着这份热爱

来到　新世界

来到了一个不被破坏　不被污染的

洁净　清新的　新世界

芽刚好钻出土地

雨下得正是时候

大地青翠

绿草成茵

遇见自己在上个时空里想念的人

美妙的生物渐次出现

人类还相信爱情

对，就是来到这个充满爱的

新世界

97

多么希望时间就在这一刻停留

这是时间旅行中最诗意的抵达

这是一个时空对另一个时空最美的承诺

过去时空中不断轮回的

杀戮　贪婪　破坏　背叛都无影无踪

有的只是爱

无休止的爱代替无休止的轮回

诗人们笑了

智者笑了

那位高僧笑了

菩萨笑了

所有的神都笑了

98

钟声响起

我躺在草地上正在阅读一本诗集

那是一本关于时间的长诗

在看到

"所有的神都笑了"那一行时

发现这一页有折痕

为什么有折痕?

一道刺眼的光从词语中发出

——

99

飞鸟扑面而来

被挖掘出的全部的煤　倾轧而下

所有星系被抛弃的星球

所有被扭曲的时间

所有没有被燃烧的情感

飓风般涌来

沉寂的痛苦

被污染的水、土壤、大气

伴着刺耳的轰鸣、尖叫、哭泣

所有的暗物质暗能量

所有被放弃的抵抗

潮水般袭来

所有的不安、焦虑、愤怒、仇恨

战争中的牺牲

奔驰在远方的道路上

永远不能抵达的巴士

夜晚的叹息

黄昏的绝望

梦中的挣扎

无限扭曲的时空也装不下

没有边界的膨胀

离开的时间慢于

重新生发的时间

后一个星系快于

前一个星系远离我们的速度

终于

空间容纳不下时间

在露珠即将滴下

在风即将再次出发

在芦苇被拾起

在父亲和少年的我听到

我的那声呼喊而转身时

在时间的箭镞即将抵达光亮之时

在书翻到有折痕的那页时

在蘑菇云展现娇艳的形态时

在我满身泥泞地从虫洞中爬出时

在黑洞吸入黑色星球时

时空、空间

全部的维度　所有的时空

能见　不能见的　宇宙

爆炸了！！！

最初的诗篇

100

少年从那片草地站起

拾起一块粗粝的石块

扔向水面

小镇上阳光正好

都是熟悉的人们

唯有少年失恋的心情无法平息

父亲还巡行在山林之中

母亲在家里守候着

姐姐们各自忙碌着

少年想象着风铃的样子

抬头看着变幻的白云

明天是一个适合重新表白的日子

少年拿起笔

在作业本上

写下了第一首诗

微信公众号　　官　网